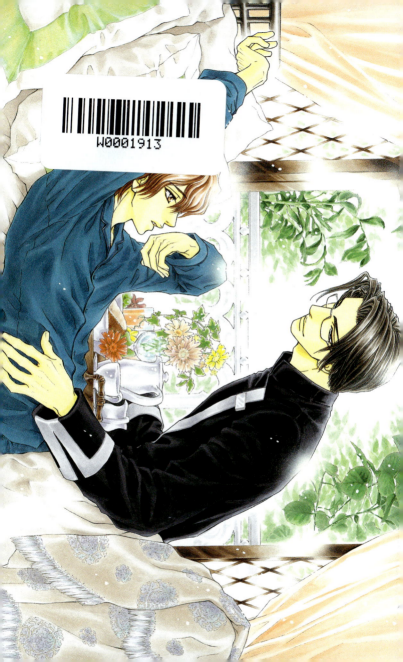

As you wish!

Inhalt

As you wish!	3
Zu dritt	43
Ein besonderer Mensch	85
Der Auserwählte ist...	125
Imitation Lovers	131
As much as you wish!	163
Nachwort	175

KAE MARUYA

geboren am 9. Oktober
Sternzeichen: Waage
Blutgruppe: A
Geburts- und Wohnort: Präfektur Nagasaki

Wenn es ein Unternehmen gäbe, bei dem man gut aussehende Butler mieten könnte, wäre die Nachfrage sicherlich sehr groß. Meint Ihr nicht? Dann würde der Butler mir sicher bei der Arbeit helfen und mir das nötige Material besorgen. Wenn es so ein Unternehmen gäbe, wäre ich die Erste, die einen Butler mieten würde.

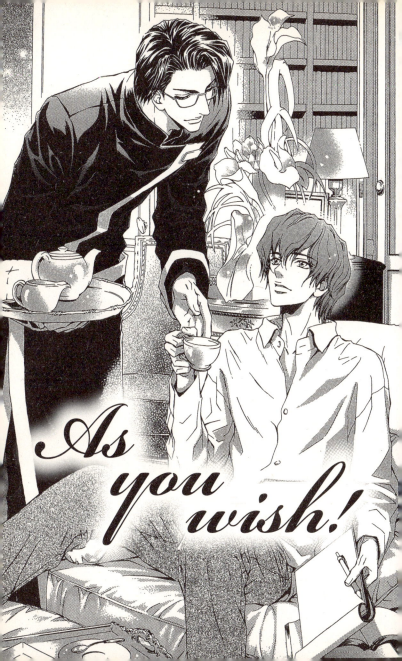

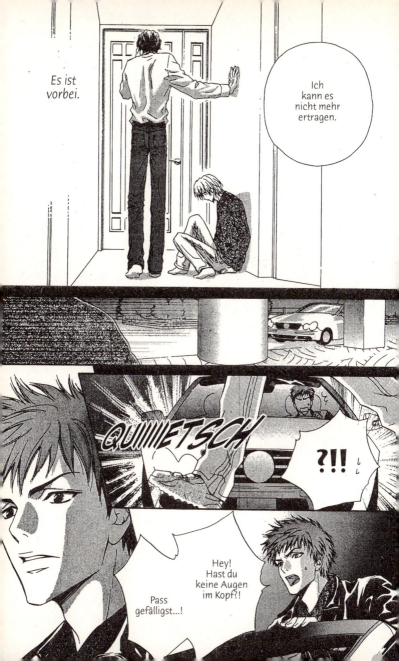

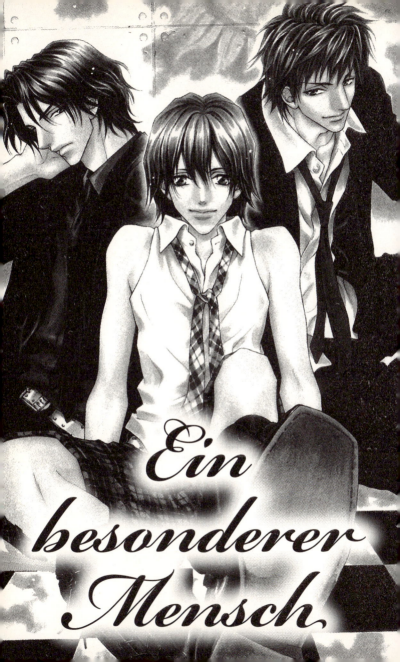

Wie eine Kampftruppe.

NACH-WORT

Guten Tag! Mein Name ist Kae Maruya. Ich möchte Euch hiermit danken, dass Ihr »As You Wish!« gelesen habt. Vielleicht kennt Ihr schon andere Comics von mir, vielleicht ist es auch Euer erster. Ich freue mich jedenfalls, Euch auf diese Art zu begegnen! Dies ist der dritte Band, der von mir erschienen ist*, und ich bin sehr glücklich darüber. Ich bin jeden Tag so sehr mit dem Zeichnen beschäftigt, dass die Zeit bis zur Veröffentlichung wie im Flug verging. Ich bin ein gemütlicher Typ und alles dauert bei mir etwas länger (meine Redakteurin leidet immer darunter...). Und jetzt, wo ich das Nachwort dieses Comics schreibe, fühle ich mich wie im Traum.

Ich muss immer noch viel lernen und mache mir oft Sorgen, dass Ihr manchmal enttäuscht von meinen Geschichten oder Zeichnungen seid. Aber ich bemühe mich immer sehr, mich zu verbessern und würde mich freuen, wenn Ihr mich weiterhin auf diesem Weg begleiten würdet.

»As You Wish!«:

Als eine Freundin von mir zum ersten Mal Hidaka-san sah, fragte sie mich, ob er ein Pfarrer sei. Aber natürlich ist er ein Butler. Ich hatte die Vorstellung, dass in der Residentia nur gut aussehende Leute arbeiten und entwarf eine Uniform, inspiriert von den »Matrix«-Filmen und traditioneller chinesischer Kleidung. Meiner Freundin erschien das für eine Uniform schon ziemlich merkwürdig. Findet Ihr das auch...?

Ich hatte mir sogar überlegt, dass sich die Farbe je nach Rang ändert. Die einfachen Angestellten tragen Schwarz. Die höheren Angestellten tragen Grau und Weiß. Aber da in der Geschichte ja keine anderen Angestellten vorkommen, verwarf ich diesen Gedanken wieder.

* in Japan

In meiner Vorstellung wird Yuki in zwei Jahren umwerfend aussehen.

»Zu dritt« und »Ein besonderer Mensch«:
In diesen Geschichten konnte ich leider die Berufswelt von Reiichi und Tetsuya kaum darstellen. Außerdem ist Tetsuya wirklich eine tragische Figur – ihm widerfährt nichts Gutes. Aber das Schicksal wollte es einfach so.
In meiner Vorstellung findet er aber noch jemanden, für den er mit aller Kraft kämpft. Vielleicht einen Sänger oder so...!
Leider kommen mir solche Gedanken immer erst dann, wenn die Arbeit schon beendet ist...!

Skizzen und Zeichnungen:
Seit mein erster Comic erschienen ist, sammle ich alle Briefe, die ich von meinen Lesern bekomme und sortiere sie sorgfältig in Ordnern. Viele dieser Briefe sind sehr hilfreich für mich. In einigen stand, die Sexszenen seien nicht überzeugend. Daher habe ich diesmal versucht, etwas Gas zu geben. Doch wenn ich die Geschichten jetzt lese, wirken sie immer noch nicht ganz überzeugend. In meiner Vorstellung ist Hidaka ziemlich sadistisch. Ich hätte das gerne stärker zum Ausdruck gebracht, doch es ist mir nicht so gut gelungen. Ich hoffe, Ihr habt trotzdem Spaß beim Lesen!

»Imitation Lovers«:
Diese Geschichte ist schon ziemlich früh entstanden. Wenn ich sie lese, kommen eine Menge Erinnerungen in mir hoch. Mir ist aufgefallen, dass viele meiner Charaktere eine Brille tragen. Es ist nicht so, dass ich besonders auf Brillenträger stehe, aber irgendwie hat es sich so ergeben.

Es gibt so vieles, was ich noch zeichnen möchte, aber ich muss noch jede Menge lernen. Ich spüre immer wieder die Grenzen meiner zeichnerischen Fähigkeiten. Ich muss mich wirklich mehr bemühen. Wie kann ich mich bloß verbessern? Ich möchte Euch allen sehr für Eure Unterstützung danken! Ich bemühe mich, besser zu werden!

Vielen Dank noch einmal, dass Ihr diesen Comic gelesen haben! Ich hoffe, Ihr hattet Spaß dabei! Ich wünsche Euch noch alles Gute!!
Juni 2007, Kae Maruya

CARLSEN MANGA! NEWS
Aktuelle Infos abonnieren unter
www.carlsenmanga.de

CARLSEN MANGA
Deutsche Ausgabe/German Edition
1 2 3 4   12 11 10 09
© Carlsen Verlag GmbH · Hamburg 2009
Aus dem Japanischen von Cäcilia Winkler
ONOZOMINOMAMANI
© 2007 by Kae MARUYA
Originally published in Japan in 2007 by
TOKUMA SHOTEN PUBLISHING CO., LTD.
German translation rights arranged with
TOKUMA SHOTEN PUBLISHING CO., LTD.
through TOHAN CORPORATION, Tokyo.
Redaktion: Cordelia von Teichman
Textbearbeitung: Heike Drescher
Lettering: Gross & Dinter
Herstellung: Björn Liebchen
Druck und Bindung:
GGP Media GmbH, Pößneck
Alle deutschen Rechte vorbehalten
ISBN 13: 978-3-551-78609-8
Printed in Germany

Dieser Comic beginnt nicht auf dieser Seite. *As you wish!* ist ein japanischer Comic. Da in Japan von »hinten« nach »vorn« gelesen wird und von rechts nach links, müsst ihr auch diesen Comic auf der anderen Seite aufschlagen und von »hinten« nach »vorn« blättern. Auch die Bilder und Sprechblasen werden von rechts oben nach links unten gelesen, so wie es die Grafik hier zeigt. Schwer? Zuerst ungewohnt, doch es bringt richtig Spaß. Probiert es aus!